JULIUS PACIUS

EN LANGUEDOC

(1597-1616)

Avec documents inédits

PAR

L. GUIRAUD

MONTPELLIER

LIBRAIRIE VALAT

9, Place de la Préfecture

—

1910

JULIUS PACIUS

EN LANGUEDOC

Extrait des *Mémoires de la Société archéologique de Montpellier*
(2ᵃ série, t. IV, pp. 300-331)

MONTPELLIER. — IMPRIMERIE GÉNÉRALE DU MIDI — TÉLÉPHONE

JULIUS PACIUS

EN LANGUEDOC

(1597-1616)

Avec documents inédits

PAR

L. GUIRAUD

MONTPELLIER

LIBRAIRIE VALAT

9, Place de la Préfecture

—

1910

JULIUS PACIUS EN LANGUEDOC

(1597-1616)

Un des faits multiples qui s'imposent à tout historien de la Réforme, c'est le contraste de l'extrême faveur dont jouissait l'humanisme avec la condition inquiète et tourmentée de ses représentants.

Fait acquis. Dans une fièvre de surenchère, ils sont accaparés par les princes ou les villes pour les Collèges et les Universités. On les reçoit parmi des ovations qui les grisent, Puis — et bientôt — ils confessent la désillusion, le dégoût, et un final découragement les pousse, entourés de leur famille, encombrés de leurs meubles et de leurs livres, à prendre la route d'un nouvel abri, qui leur semble définitif.

Mais fait surprenant. Au début du grand conflit religieux, il est plausible de l'expliquer par l'état de persécution et de guerre. Néanmoins il persiste au temps où était acquise la liberté de conscience. Il faut donc bien reconnaître qu'il a pu tenir à d'autres causes.

Et, alors, de cet exode incessant et général qui rendre responsable ? Probablement un peu ces nomades cosmopolites chez qui une haute culture, en leur faisant l'esprit plus tolérant aux opinions, les mœurs plus douces, l'âme plus vraiment religieuse, avait aussi, sur la question des procédés, trop affiné le cœur ou aiguisé la susceptibilité. Beaucoup plus leurs intéressés protecteurs, qui, emprisonnés dans des vues locales, personnelles, se montraient envers eux tour à tour exigeants ou serviles, restant toujours mesquins. Surtout la misère profonde d'un temps si trouble, où le heurt des idées adverses et absolues, des haineuses passions ne pouvait que déconcerter ces natures exquises, pourtant demeurées quelque peu inexpertes de la vie.

Mais, en histoire surtout, les problèmes de psychologie générale sont fort malaisés à trancher. Il est donc utile de produire, en vue de leur solution, beaucoup d'exemples particuliers. Le cas du jurisconsulte Julius Pacius en Languedoc, qui ressemble à celui d'Isaac Casaubon, tous les deux élucidés insuffisamment jusqu'ici (1), me paraît assez propre à faire le départ des responsabilités dont je parlais, car il est bien caractéristique et des hommes et du temps.

⁂

Julius Pacius, dit de Beriga, d'un domaine de sa famille, était né à Vicence, le 3 avril 1550, de Paolo et de Lucrezia Angiolella (2). Ayant embrassé la Réforme, il dut renoncer à son pays et à ses biens paternels, partant se créer des ressources par son travail. Il enseigna d'abord à Genève, ensuite à Heidelberg, d'où il passa à Sedan. Là guerre le ramena à

---

(1) Sur Casaubon : A. Germain, *Isaac Casaubon à Montpellier*; Montpellier, Boehm, 1871, in-4º.

Sur Pacius, pour cette période : Niceron, *Mémoires pour servir à l'histoire des hommes illustres*, etc.; Paris, Briasson, 1738, in-8º; t. XXXIX, pp. 270-288.

Marcellin Faucillon, *Les professeurs de droit civil et canonique*, dans *Mémoires de l'Académie de Montpellier*, t. III, pp. 505-578.

Marcellin Faucillon, *La Faculté de droit de Montpellier (1590-1790)* (feuilletons extraits du *Journal de Montpellier*).

Ch. Revillout, *Le jurisconsulte Jules Pacius de Beriga avant son établissement à Montpellier (1550-1602), d'après un document inédit*; Montpellier, Boehm, 1882, in-4º. — Cet ouvrage offre la grave lacune de ne pas mettre au jour un seul document inédit, celui qui y est visé n'étant qu'un recueil d'autographes collectionnés par le fils aîné de Pacius.

Tamizey de Larroque, article critique sur le précédent ouvrage, publié dans *Revue des questions historiques*, année 1883, t. II, pp. 616-626.

(2) Niceron, *op. cit.*

Genève. Mais il avait des charges de famille : sa mère, âgée, infirme, qu'il entretenait complètement depuis le mois de juillet 1574 (1); sa femme, une compatriote épousée à Genève, Elisabeth Venturini; au moins dès lors quatre enfants. Or l'Eglise de Genève, fort appauvrie de sujets et de ressources, ainsi qu'elle l'avoue dans mainte lettre, rétribuait trop maigrement les professeurs de son Académie, et ceux-ci la désertaient peu à peu, quoique à regret.

En France, au contraire, depuis l'Edit de Poitiers (1577), les Eglises réformées cherchaient activement à s'organiser au point de vue politique et confessionnel. Surtout après la conversion d'Henri IV, préoccupées de ses effets, elles voulaient assurer l'avenir. Et précisément pour elles la lutte des idées devenait plus sérieuse que jamais par l'entrée en lice des Jésuites. Sur le terrain de la prédication et sur celui de l'enseignement, c'étaient des adversaires contre lesquels on se défendrait insuffisamment par des interdictions non respectées (2). « *Disciplinæ causa* » (3), les protestants continuaient de leur confier leurs fils, comme d'aller les entendre. Mieux valait opposer à leurs collèges florissants des écoles, d'autres collèges, des Académies, des Universités purement protestantes.

Spécialement pour le Languedoc, la Compagnie de Jésus drainait les élèves par Tournon, Toulouse et Avignon. Elle visait Béziers catholique, même Nîmes protestant, où le célèbre P. Cotton préparait les voies. Deux collèges furent destinés à lui tenir tête : celui de Montpellier, créé tout exprès, et celui de Nîmes, qui, remontant à François Ier, avait vu les luttes de Baduel et de Bigot. Mais les œuvres exigent des hommes. Dans leur pénurie, Nimois et Montpelliérains s'adressèrent à Genève.

(1) Minutes de David Gibert, notaire de Montpellier, étude Blain à Montpellier, reg. de 1602-1608, fo 398 vo.

(2) Aymon, *Synodes nationaux*, t. Ier, pp. 129 et 839. — Bibl. de la Fac. libre de Théol. prot. de Montauban, ms. 121, t. Ier, pp. 60, 106, 253.

(3) Lettre de Pacius à Polan (voir p. 6).

✱✱

« Nous regardons sur tout a l'advancement des eglises, lesquelles toutes en France (la nostre exceptée) demeurent privées d'un tel benefice et du bien d'avoir un College de fondation royale... C'est pour empecher que la jeunesse de la religion ne recourut aux escolles de l'erreur et des Jesuites, et pour avoir un jour d'hommes propres et de valeur, tous de nostre creu, c'est a dire plus purs et plus afectionez a la conservation des eglises, lesquelles s'en vont souffrir chez nous un temps d'ignorance et rareté grande de personnes doctes. » En ces termes, le 13 mai 1596, les magistrats, les consuls et les pasteurs de Nimes écrivaient collectivement à Théodore de Bèze, lui exposant la situation et leurs craintes, concluant par la demande de leur céder Pacius ou Casaubon (1).

La Compagnie des pasteurs de Genève fut perplexe et d'autant plus que Montpellier sollicitait déjà Casaubon. Le 10 juin elle répondit aux Nimois, en invoquant ses propres difficultés. Du reste, elle poursuivait, de son côté, le même but et avouait la pauvreté du résultat : « Tant s'en faut que le Seigneur nous donne de quoy faire part aux autres, ainsi que par cy devant il nous avoit faict ceste grace ». Pour témoigner de sa bonne volonté, elle affirmait avoir « mendié » pour eux ailleurs sans succès (2).

Consuls et Consistoire revinrent à la charge, le 12 décembre 1596, et avec une insistance d'autant plus vive que, dans l'intervalle, ceux de Montpellier s'étaient procuré Casaubon, déjà en route : « Vous empescheres de ceste façon un grand degat qui se prepare ches nous, et duquel, sans doute, le reste du corps des eglises de France se ressentiroit. Nostre maladie est contagieuse et passera ailleurs, s'il ne vous plait nous y secourir. Dieu vous a abondamment proveu des per-

(1) Bibl. de la ville de Genève, MFr., 197 aa, Corresp. ecclés., 1594-1597, f° 72.
{]Ibid., f°⁰ 74 et 75.

sonnes qui nous peuvent remettre et eslever au par dessus de
nos ennemis et de ceux qui nous sapent. C'est pour cela que
nous nous retirons a vous » (1).

En leur répondant, une vingtaine de jours après, la Compagnie de Genève insista sur sa disette de sujets : « Au lieu
que vous aves estimé que nous avons par deça des ouvriers
a rechange, comme par cy devant le Seigneur nous faisoit
ceste grace, nous ne sommes, au contraire, guieres moins
pressés que vous pour le present ». Puis elle exprima son
dépit au sujet de Casaubon, capté, à son insu, par les Montpelliérains. Et de Pacius pas un mot (2).

Les Nimois comprirent ce qu'il leur restait à faire, et ils
réussirent par les mêmes voies que leurs voisins.

Noble Pierre du Cest, docteur et avocat de Genève, ami
personnel de Pacius, paraît avoir été l'intermédiaire dans
cette négociation. Elle fut rapide : dès le 11 février 1597, les
Consuls, à Nîmes, et, le 25, à Genève, Pacius signaient leur
engagement. Moyennant 1.000 livres par an, un logement
convenable, les frais de voyage pour lui et sa famille, le
transport de ses meubles et livres soit de Sedan soit de
Genève, l'humaniste promettait d'exercer la surintendance
du Collège et rectorat de l'Académie, et d'y faire des cours
publics de philosophie : à peu près les fonctions de Casaubon
à Montpellier, cependant plus honorifiques et rétribuées plus
grassement. Pacius se déclarait prêt à partir dès qu'on vien-
drait le chercher.

Même il comptait ne pas le faire seul. Dans son zèle tout
neuf, il recrutait autour de lui des élèves pour l'Académie de
Nimes, et ceux-ci se hâtaient d'acheter des chevaux. Mais
quatre mois s'écoulèrent, sans que personne parût ni parlât.
Sans doute, les craintes de la guerre en étaient cause. Vainement Pacius écrivait, faisait écrire par M. du Cest. Il avait
épuisé ses provisions de ménage, et vivait chèrement. Il cam-

---

(1) Bibl. de la ville de Genève, MFr. 197 aa, Corresp. ecclés., 1594-
1597, f° 86. — Cf. Gaberel, *Histoire de l'Eglise de Genève*, t. II, Pièces
justificatives, p. 42.

(2) *Ibid.*, f° 90.

pait, ses meubles, malgré ses défenses, ayant déjà été expédiés de Lyon. Ses élèves revendaient leurs chevaux à perte, récriminaient, se dispersaient. Lui-même ne savait « que croire, que penser, que repondre» à ceux qui lui demandaient, peut-être avec ironie, la date de son départ.

A la fois outré et découragé, il prit, vers la fin juin, le parti d'écrire aux Consuls et de confier la lettre à un émissaire dévoué, en quête aussi d'une situation. C'était Robert de Wismes, un ancien collègue à Sedan, un ami, bientôt un beau-frère, car il était fiancé à dame Camille Venturini, sœur d'Elisabeth. Pacius le recommandait avec chaleur comme « un savant personnage en philosophie et en la langue grecque », louant aussi « sa bonté et pieté ». Même, d'avance, il se portait garant d'un emprunt éventuel de Wismes, à retenir sur ses propres appointements. Quant à lui, il demandait aux Consuls de hâter les moyens de son départ, ou bien de lui rendre sa parole (1).

La vérité, c'est qu'en Languedoc on l'attendait toujours. Il s'y rendit et, le 12 décembre, narrait son succès à un ami, Arnaud Polan, professeur à l'Académie de Bâle. Je traduis : « Parce que je connais votre affection pour moi, je ne doute pas que vous ne désiriez de mes nouvelles. Je vis ici convenablement, très agréable à tous, et je jouis d'une bonne situation, car, en qualité de recteur perpétuel, toute l'autorité sur l'Académie réside entre mes mains et, à mon gré, je puis créer ou déposer tant les professeurs publics que le principal et les régents. Notre Académie a été constituée par le Roi à l'instar de celle de Paris, et possède les mêmes privilèges. Le Collège est de jour en jour plus florissant : ma venue a produit ce résultat que, tandis qu'auparavant les nôtres envoyaient, pour y être élevés, leurs fils chez les Jésuites, les catholiques mettent ici les leurs » (2).

Le but des Nimois était atteint.

---

(1) Léon Ménard, *Histoire civile, ecclésiastique et littéraire de la ville de Nismes*; Paris, Chaubert et Hérissant, 1754; t. V, pr. LXV.
(2) Bibl. de l'Université de Bâle, Epist. autogr., G²I, 20 ᵇ.

⁎

Est-ce par reconnaissance que leur contrat avec Pacius fut, quatorze mois après, modifié si avantageusement pour lui ? Hypothèse que les documents connus jusqu'ici permettraient, conseilleraient même, et que dément une information plus complète.

Et d'abord, que j'analyse ce nouvel accord, en date du 7 février 1599. En conservant ses anciens avantages, Pacius voyait élever de 1.000 à 2.100 livres ses appointements annuels. Il avait la faculté d'y ajouter, en occupant les chaires vacantes, les gages y afférents. On installait à son gré le Collège et son logement privé. Son autorité absolue, assise par la présidence des assemblées relatives au Collège, par la censure sur tous les écrits ou publications le concernant, par le monopole des lettres testimoniales authentiquées d'un sceau rectoral, était symbolisée par l'usage d'un sceptre dans les cérémonies publiques... Préoccupation de la mise en scène qui est bien de l'époque. Au fond, c'était l'émancipation du Collège de la tutelle municipale ou ecclésiastique et sa complète dépendance de Pacius. Pour ce dernier, c'était encore un accroissement de prestige, car on lui promettait, moyennant 500 écus seulement, un office de conseiller au Présidial; et, à ce titre ou celui de recteur, on lui assurait une place d'honneur au temple (1).

Le désir des Nimois de conserver Pacius à tout prix est ici manifeste. Mais, pour l'expliquer, il ne suffirait pas d'évoquer le salutaire exemple de Casaubon, dont le découragement venait d'être exploité par Henri IV, le toujours malin Béarnais, l'enlevant à « ses petits rois de Montpellier » (2).

Dans la série des synodes réformés de Languedoc, il en est un, qualifié d'extraordinaire, qui se tint à Nimes le 5 août 1599, c'est-à-dire moins de trois mois après le synode annuel

(1) Ménard, *op. cit.*, t. V, pr. LXV.
(2) *Félix et Thomas Platter à Montpellier;* Montpellier, Martel, 1892, in-8°, p. 207.

⁎

de Saint-Germain de Calberte. Il ne fut consacré qu'à l'apaisement de querelles personnelles. Son procès-verbal est fort explicite sur le conflit de Pacius avec l'Eglise réformée de Nimes (1). Cela fournit le motif de l'opposition que fit cette dernière à la tenue du Synode : au mépris de la coutume, elle ne donna point avis de sa convocation; en dépit de l'ordonnance du précédent Synode, elle n'assura pas le logement à ses membres ; enfin elle ne lui rendit aucuns honneurs. Du tout elle fut, dès le début, grièvement censurée et privée de son tour de Synode. Les débats ne lui furent pas moins défavorables.

Lorsque, deux ans auparavant, Pacius recommandait si chaleureusement Robert de Wismes aux Consuls, ils étaient grands amis, déjà beaux-frères par la célébration des fiançailles et la passation du contrat. Mais bientôt de Wismes avait désiré rompre le mariage. Pour ce motif, et peut-être aussi pour des divergences au Collège, où il était devenu professeur de logique, il se brouilla avec Pacius et prétendit le faire chasser de Nimes. Il le desservit donc auprès de tous : « le calomniant envers le Consistoire d'hérésie (même de blasphème et athéisme), envers les magistrats de la justice qu'il les vouloit reformer, et envers les magistrats de la police qu'ils estoient des sots ». Le 1er avril 1598, il dénonça par écrit Pacius au Consistoire. Ce que voyant, l'humaniste se rebiffa, et fit ouvrir contre de Wismes une instance criminelle, dont M. d'Aguillonet, conseiller au Présidial, fit les informations.

Les Nimois semblent alors avoir perdu la tête. Ils voulaient garder Pacius ; ils ne voulaient pas voir s'éloigner de Wismes, qui leur était aussi très utile. Pour les ménager tous deux, ils recoururent à d'obliques moyens, qui tournèrent à leur confusion. Le 11 avril, on fit dans le temple une assemblée où, sous la présidence du pasteur de Chambrun, se trou-

(1) Bibl. de la Fac. libre de Théol. prot. de Montauban, ms. 121, t. Ier, pp. 60 et suivantes. — La pièce I de l'Appendice du présent mémoire est le passage du synode extraordinaire du 5 août 1599 relatif à l'affaire Pacius.

vèrent réunis le Juge-criminel, qui était Daniel de Çalvière, André d'Aguillonet, garde-sceau au Présidial et ancien de l'Eglise, Rostang Rozel, conseiller au même siège et premier consul, du Molin, le capitaine de Veyrac et le diacre Boschier. En leur présence, Robert de Wismes fit et signa la déclaration suivante (1) :

« S'est présenté monsieur de Vismes, lequel auroit dit que Monsieur Pacius auroit a bon droict esté offensé de la delation des propos tenus par ledit de Vismes, tant au consistoire qu'ailleurs, contre l'honneur et la reputation du dit sieur Pacius, le priant luy pardonner et ne faire aucune poursuite en justice contre luy pour raison de ce dessus, declarant aussi qu'il le tient pour homme de bien et d'honneur, l'ayant tousiours cognu de bonne vie et conversation et de saincte et ortodoxe doctrine, conforme a la confession des eglises reformées de France, et que tels propos ne debvoyent et ne doyvent estre proferés ne mis en avant contre ledit sieur Pacius, le priant de rechef se contenter de la presente declaration, consentant et requerant que la delation qu'il auroit faicte au Consistoire, le premier du presant mois d'avril, soit rayée et aultre escrite, refaicte et rompue, ce que a esté faict par devant et en presence des soubs nommés. — Robert de Vismes. »

Au prix de cette amende honorable et à la condition qu'on lui délivrerait une expédition du procès-verbal, en témoignage de son innocence, Pacius renonça à l'instance criminelle contre de Wismes. Celui-ci, au contraire, ne désarma point. En menaçant de quitter le Collège, il obtint aussi des pasteurs Moinier et de Chambrun une attestation de « bonne

(1) Bibl. de la ville de Genève, MFr., 197 aa, Corresp. ecclés., 1594-1597, f° 109. — La copie envoyée à Genève porte : « Extrait des actes du Consistoire de Nysmes. — Du samedy onze avril, l'an mille cinq cent nonante sept, iour extraordinaire du Consistoire ». L'erreur d'année : 1597 au lieu de 1598, est prouvée : 1° par le fait que, en 1597, le 11 avril tomba un vendredi, et, en 1598, un samedi; 2° par celui que Pacius le 11 avril 1597 était encore à Genève, et de Wismes également (voir p. 6).

vie et pieté ». Puis il partit pour Montauban. Là et ailleurs, même auprès de Théodore de Bèze, il recommença de dénigrer Pacius. A Nimes, ses calomnies étaient propagées, paraît-il. par de jeunes pasteurs, surtout Maurice et Chauvé; et dame Camille Venturini, fiancée toujours expectante, leur attribuait son délaissement. Il semble probable qu'elle excitait Pacius de ses récriminations, car il fera, en plein Synode, de ce mariage manqué, l'un de ses griefs. Non content de se répandre en propos contre Maurice, Chauvé, de Bèze même, il publia contre de Wismes un écrit où il opposait la rétractation de son adversaire et l'attestation obtenue par celui-ci. C'était, par dessus sa tête, en atteindre bien d'autres et soulever une question de discipline ecclésiastique.

De quelle nature était l'assemblée du 11 avril : consistoriale ou mixte? Eu égard à la qualité du président, à la forme du procès-verbal, à son inscription parmi les actes consistoriaux, on pourrait conclure au premier cas. Dès lors la divulgation violait la discipline des Eglises réformées de France. Pacius, que l'Eglise de Nimes traduisit pour cela devant elle, et qui comparut ensuite devant le Synode, invoquait l'extrait à lui délivré, bien probablement celui même que j'ai retrouvé à Genève et qu'il aura pu y envoyer pour sa justification. Cet extrait porte : « led. Juge-criminel conduisant l'action », et le Synode constata qu'au registre le greffier Fauchier, sur l'ordre du Juge-criminel et du Consistoire, avait, dans ce passage, pour mettre les mots : « le Juge-criminel », rayé ceux-ci : « M. de Chambrun ». La manœuvre transformait la réunion en assemblée mixte. Pacius pouvait plaider sa bonne foi.

Mais on conçoit que, au milieu de tels ennuis, il ait manifesté le désir de fuir Nimes. Ceci se passait vers la fin de 1598 et tomba bien mal. Un peu auparavant, en effet, il avait consenti à l'envoi d'un député vers l'Electeur palatin, pour avoir de lui son congé. L'avocat Jérémie Reynaud venait de l'obtenir non sans peine, lorsque, le jour même, parvint à Heidelberg la lettre de Pacius, déclarant qu'à aucun prix il ne resterait à Nimes. « C'est vouloir chasser malgré les chiens », dit à Reynaud ironiquement le Prince, qui lui remit pour les

Consuls une lettre réclamant son professeur (1). Dans ces conditions menaçantes, la ville de Nimes résolut d'ouvrir des pourparlers, et ensuite de capituler. D'où l'accord du 7 février.

Le conflit religieux fut solutionné par le synode extraordinaire du 5 août 1599, où, de part et d'autre, on exposa ce que j'ai relaté. Préoccupée surtout d'établir les torts et de sauvegarder les règles, cette assemblée fut favorable à Pacius dans son jugement.

L'ancien Consistoire nimois fut grièvement censuré de ses contradictions et de ses irrégularités, actes qualifiés de « scandales ». Un blâme nominal tomba sur les pasteurs Moinier et de Chambrun, les diacres Maltret, Langlade et Boschier, les anciens Vieulx et d'Aguillonet, le greffier Fauchier.

Quant à Pacius, qui avait invoqué sa qualité d'étranger, son ignorance de la discipline des Eglises gallicanes et les usages d'Allemagne, protesté de sa soumission et de son dévouement, il fut simplement exhorté à récupérer et lacérer les exemplaires distribués de son libelle, et désormais à n'en imprimer plus de semblables, comme aussi à mettre de la retenue dans ses propos sur les pasteurs. Mais il avait gain de cause par les ordres donnés soit au Colloque de Nimes de lui délivrer des attestations manuscrites et signées d'un pasteur, soit au modérateur Gigord d'enjoindre au Consistoire de Montauban qu'il procédât contre Robert de Wismes.

Le triomphe de Pacius sembla se compléter par l'arrivée de ses lettres de naturalité et par les provisions de l'office au Présidial, mises, en attendant, sur le nom d'un Consul. Mais il fut court. Le coup partit du Présidial, dont plusieurs membres avaient été mis en cause dans les débats. Le 9 octobre, une ordonnance de ce Corps cassa, pour vice de forme, la délibération du 7 février. La Ville fit appel à la Chambre de l'Edit, dont un commissaire vint, le 18 novembre, enquêter sur place. La conciliation ayant échoué, le procès se déroula. Son issue détruisit l'espoir de Pacius de devenir

(1) Ménard, *op. cit.*, t. V, pr. LXV.

conseiller (1). Il porta ses vues ailleurs, et n'eut pas à chercher loin.

***

Cinquante kilomètres seulement séparent Nimes de Montpellier. En ne s'attardant pas aux rasades et repas, comme l'avait fait, en février 1596, l'étudiant bâlois Thomas Platter (2), on pouvait couvrir la distance presque en un jour. En outre, les relations politiques, religieuses, sociales étaient incessantes entre les deux villes. Ceci est pour dire que, les négociations se faisant de vive voix et, de plus, les délibérations du Conseil de Ville de Montpellier pour 1599 et 1600 étant perdues, les documents spéciaux sont rares. J'y suppléerai très suffisamment par l'exposé général de la situation, et par le contrat d'engagement (3).

Lorsque, pour son nouveau Collège, la Ville de Montpellier avait traité avec Casaubon, elle et lui avaient obéi à la même préoccupation confessionnelle que Nimes et Pacius (4). Mais on s'y croyait tenu à davantage, à raison de l'Université. Aussi, à peine installé, l'humaniste, au nom des Montpelliérains, avait essayé d'attirer dans cette ville Jacques Lect, puis Denis Godefroy, afin de ramener à l'Ecole de Droit la jeunesse calviniste qui affluait à la catholique Toulouse (5). L'échec ne décourageait pas les promoteurs de l'entreprise. Entreprise difficile, car, du fait de la Réforme, l'antique Université de Droit de Montpellier avait subi une *diminutio capitis* indéniable.

Non seulement, en effet, un sectarisme brutal avait, déjà avant les guerres religieuses, détruit son centre, la célèbre Tour Sainte-Aularie, et ses collèges nombreux et remplis,

(1) Ménard, *op. cit.*, t. V, pp. 300 et suivantes.
(2) *Félix et Thomas Platter à Montpellier*, p. 224.
(3) Appendice II.
(4) Je publierai les pièces dans la dernière de mes études sur *La Réforme à Montpellier*.
(5) A. Germain, *Isaac Casaubon à Montpellier*, p. 27.

dispersé ses écoliers, suspendu son enseignement (1) ; mais, quand, à la faveur de la paix, on essayait de réparer quelque peu ces ruines, il fallait bien convenir qu'elles ne pouvaient l'être que partiellement. Dans une ville de sûreté, politiquement dominée par les réformés, plus d'ordres religieux, plus de collèges, plus de chaires, plus d'enseignement du droit canonique. Aussi ne dit-on plus : l'Université de Droit, mais l'Université des Lois (2).

Il me faut ajouter autre chose. En 1485, devant l'imminence de la ruine pour cette Université, comme en 1364 l'avait fait le pape Urbain V (3), la Ville de Montpellier avait créé quatre chaires ou régences, deux pour chaque droit (4). En 1593, c'était à Henri IV qu'on s'était adressé pour les rétablir, et les rendre royales. Mais, de fait, deux seulement étaient occupées.Guillaume Ranchin et Jean de Solas en étaient titulaires (5). On aspirait à pourvoir les autres chaires, les canoniques, au profit du droit civil. Par la notoriété qui s'attachait à son nom, par son titre même de docteur *ès droits* (6), nul mieux que Pacius ne pouvait servir ce dessein. L'Université, les 1er mai et 9 juillet 1600, le Conseil de Ville, les 10 mai et 23 juillet, donnèrent les pouvoirs nécessaires pour traiter.

Homme de culture universelle et profonde, qui, par là, s'était trouvé occasionnellement apte à l'enseignement de la philosophie, Pacius était, avant tout, un jurisconsulte. En échappant à ces mesquines dissensions de Collège, si fré-

---

(1) Deux contemporains, deux professeurs montpelliérains ont retracé ce désastre : Jean Philippi. dans son *Histoire des Troubles*, et Etienne Ranchin, dans la préface des *Miscellanea decisionum juris*. Le premier ouvrage fut écrit au jour le jour; le second, publié en 1580.

(2) Délib. du Conseil de Ville de Montpellier; pièces de comptabilité municipale de 1527 à 1565 et de 1604; contrat d'engagement de Pacius (voir Appendice II.)

(3) L. Guiraud, *Les Fondations du pape Urbain V à Montpellier ;* Montpellier, Martel, 1889, 1890, 1891, 3 vol. in-8°.

(4) L. Guiraud, *op. cit.*, t. II, pp. 119 et suivantes.

(5) Faucillon, *op. cit.* — Cet auteur est confus et inexact sur la question des titulaires.

(6) Il prend ce titre dans son engagement.

quentes alors, et qui lui pesaient tant, il rentrerait dans son élément propre. Il s'empressa donc de venir signer, le 17 septembre 1600, le contrat aux termes duquel, moyennant une somme fixe et annuelle de 500 écus et un casuel qui pouvait par la réussite devenir élevé, il acceptait de faire un cours de droit dès le lendemain de la rentrée, c'est-à-dire le 19 octobre suivant. Pour le moment, il serait, en quelque sorte, professeur en marge, mais Ville et Université promettaient de lui faire obtenir une chaire royale, à la première occasion. Et, dès maintenant, avec une abnégation rare, ses collègues lui assuraient la préséance en tous les actes publics (1).

Les Nimois, qui eurent vent du voyage de Pacius, s'efforcèrent bien de le retenir (2); mais, nous dit-il,

Auro libertas gratior esse solet (3).

Il était, d'ailleurs, engagé par son contrat et par la location simultanée d'un logement (4). A l'aide des documents, d'un témoignage oculaire (5) et de la topographie, j'évoquerai ici le reposant tableau de Pacius dans son intérieur pendant l'été de 1602.

La demeure est paisible et gaie. Des fenêtres sur la rue, on voit la foule joyeuse des écoliers qui se pressent vers le Collège des Humanités, séparé par une très étroite ruelle. Du

(1) Appendice II.

(2) Ménard, *op. cit.*, t. V, p. 309.

(3) Voir p. 19, note 4.

(4) Cet immeuble, qui porte aujourd'hui le n° 3 de la rue du Collège, était alors la propriété de Madeleine de Valcourtois. Son mari, noble Jean de Sengla, le loua, le 18 septembre 1600, à Pacius, au prix de 43 écus, pour une période de trois ans, à partir du 1er octobre 1600. La première intention du professeur avait été de donner au bail une durée de cinq années; du moins, il stipula qu'il pourrait le prolonger à son gré, le terme expiré. Dans la location étaient compris « le jardin dependant de lad. maison assiz au devant d'icelle, confrontant avec le jardin du sr conterolleur Girard et autres confrons, ensemble autre jardin estant dans lad. maison » (Minutes de Jean Vignes, notaire de Montpellier, étude Blain à Montpellier., reg. de 1599-1601, f° 160).

(5) Tamizey de Larroque, *Lettres de Peiresc*, t. V, pp. 1-24.

côté opposé, tout est jardins : l'un enclos dans l'immeuble,
un second au delà d'une ruelle, et tous deux à l'usage de
Pacius, d'autres encore, qui prolongent la vue jusqu'au mur
crénelé de l'enceinte. Sur la maison, une tour très haute,
d'où l'on découvre la campagne verte, la rivière du Lez,
ruban argenté, et la belle mer bleue des Latins. Plusieurs de
ces parties subsistent encore.

Vainement au dehors les passions locales, politiques ou
religieuses, s'agitent, se heurtent, et Dieu sait, si, à ce
moment, elles sont surexcitées ! Au logis de Pacius, « ne
s'entend parler que des loix », on se « bæigne dans le droict ».
Car, respectueux de toutes les croyances, le maître, le père
n'y souffre aucune discussion irritante : « il n'est point theo-
logien, et ne veut ny entend qu'en sa maison se dise une
seule parolle touchant la foy ». Même, à cause de ses com-
mensaux, il plie sa table aux observances catholiques :
« touts les vendredis et samedis, il ne s'y mange que du
poisson ».

Cette table, ce foyer familial, quel spectacle de joie ils
offrent ! Là s'épanouit l'ardeur juvénile, studieuse, intel-
ligente de Paul et Laurent (1), les fils du jurisconsulte, et de
ses quatre pensionnaires, tous gentilshommes, tous catholiques, tous étudiants, dont Peiresc, mon informateur, et son
frère. Là fleurit la grâce de trois filles : Lavinia, prête à ébau-
cher un roman malheureux (2) ; la jeune Elisabeth (3) ;

(1) Minutes d'Antoine Comte, notaire de Montpellier, étude Cornier
à Montpellier, reg. de 1606, f° 517 v°.

(2) Il y avait eu pactes de mariage entre elle et noble François
Fouquet, seigneur de Boisenart, habitant du Vigan. Lavinia rompit. Il
y eut procès. Une sentence du Gouverneur de Montpellier, le 17 février
1606, ordonna l'annulation du contrat et la restitution des cadeaux
mutuellement faits. Fouquet fit d'abord appel, mais consentit à tran-
siger, le 21 mars 1606 (Minutes d'Antoine Comte, notaire de Montpellier, étude Cornier à Montpellier, reg. de 1606, f° 280). Un second
fiancé attendait (voir p. 18, note 5).

(3) Le 28 avril 1613, contrat de mariage d'Elisabeth avec Guillaume
Clausel (Minutes de David Gibert, notaire de Montpellier, étude Blain
à Montpellier, reg. de 1612-1613, f° 238).

Françoise, enfant de quelques mois (1). Là vient s'asseoir,
en proche voisin, Anne Rulman, un ami d'Allemagne et de
Nimes, principal maintenant au Collège de Montpellier (2).
Seule, la maîtresse de maison mêle à cette joie une mélan-
colie : comme Madame Casaubon Genève, elle regrette
Heidelberg, déteste Montpellier catholique et pousse son
mari à en fuir les ennuis (3).

Des ennuis, encore et déjà! Cette fois, ils lui viennent des
catholiques. Certes, Pacius n'est pas, en dépit de quelques
apparences, un combatif. *Nomen, omen* : un humaniste ne
doit pas mentir à un adage de l'antiquité. Et il le montre :
s'il a pris pour lui la forme savante, pour les femmes de sa
famille il le traduit, en langage courant, de façon signifi-
cative : « Lucrezia Angiolella de la Paix, Lavinia de la Paix,
Elisabeth de la Paix » (4). A-t-il déjà dans ses armoiries, ou
ses petit-fils prendront-ils, par tradition de race, la colombe
au rameau d'olivier? Il aspire à une position assise, à un
définitif établissement. Pacius est un pacifique.

Mais la misère du temps s'acharne sur lui. Il est arrivé à
Montpellier pour y voir, le 28 décembre 1600, une terrible
émeute sur les ruines de l'église N.-D. des Tables. Et, depuis
qu'ils ont entendu ces paroles brûlantes de leur évêque,
Guitard de Ratte : « Messieurs, s'il faut mourir ici, ce ne
saurait être pour une plus noble cause », les catholiques,
longtemps opprimés, vont successivement à l'assaut de tous
les droits qu'on leur avait pris. Le malheur veut que Pacius
soit maintenant leur victime. Non qu'ils nourrissent une
hostilité personnelle : au contrat qui l'engage, figurent en
tête, comme Recteur de l'Université, le chanoine-chantre
Honoré Hugues, et ce président Jean Philippi, doyen des
docteurs, chez qui se sont rendues les parties pour signer,
Philippi un converti bien sincère. Mais, à cette heure, mino-

---

(1) Baptisée le 11 octobre 1601 (Reg. prot. de Montpellier).

(2) Son contrat d'engagement est du 4 mai 1601.

(3) Gassendi, *Peiresc. Vita*, p. 66; Tamizey de Larroque, *Lettres de Peiresc*, t. V, pp. 13 et 17.

(4) Voir p. 18, note 4 ; p. 18, note 5 ; p. 15, note 3.

rité politique, non numérique, ils ont arrêté de lutter sur le terrain de l'impôt, le seul déjà conquis, afin d'acquérir de nouveaux droits. Et, comme leurs délégués trouvent, non sans quelque raison d'ailleurs, que « le contract faict et signé avec mons^r Pactius est fort excessif, et porte une grand charge a la Ville, laquelle ne pouvoit estre mise sus sans deliberation d'ung Conseil general » (1), ils lui coupent les vivres, en refusant de voter cet article du budget communal. D'autre part, l'économe Sully retranche de celui de l'Etat les 400 écus de gages pour les régents en droit. Déjà professeur sans chaire, Pacius l'est sans appointements. On comprend que, en septembre 1602, le découragement l'ait gagné, qu'il ait prêté l'oreille aux Provençaux, qui le voudraient pour Aix, même aux Nimois repentis (2).

Il réclame donc la chaire promise ou son congé. On ne peut lui donner la première, qui dépend de la volonté royale, et donne lieu à des controverses trop longues pour les narrer ici ; on ne veut lui accorder le second. Alors le Gouverneur et quelques notables vont le trouver pour négocier, tranchons le mot, pour marchander avec lui. En échange de cette chaire, qui vaut 150 écus, accepterait-il son loyer (43 écus)? Refus. Les députés, comme ils en avaient le pouvoir, vont à 100 écus. Il les accepte enfin, en attendant la chaire.

Voilà donc 600 écus par an, au total, à payer à Pacius. Mais où les prendre? On est au 27 janvier 1603, le budget est épuisé, l'administration va être renouvelée, et les catholiques restent sur leurs positions, car ils sont conscients d'avoir frappé à l'endroit sensible. Par un arrêt de la Cour des Aides, on a bien réussi à faire supporter au Diocèse les 500 écus de gages, mesure juste, car toute la région bénéficie de l'enseignement du professeur. Mais le receveur refuse d'avancer même un quartier, et il en est dû au moins trois. On emprunte 250 écus, à valoir sur les 500. Reste l'indemnité pour la chaire, qui concerne la Ville seule. Au second trimestre impayé, Pacius la réclame. Il faut que les Consuls, — d'autres Consuls

(1) Appendice III.

(2) Tamizey de Larroque, *Lettres de Petresc*, t. V, pp. 13 et 14.

que ceux qui s'engagèrent, — se résolvent, en attendant une imposition nouvelle, à emprunter « en leur propre et privé nom, sans aulcunement en obliger la Ville.» (1). Vraiment l'esprit de parti inspire mal.

Quant aux catholiques, ils vont obtenir leurs intendants, participer bientôt au Conseil général : financièrement ils désarment. Une période plus calme s'ouvre enfin pour Pacius. Il achète une maison avantageusement (2), il fait des placements (3), il se préoccupe des biens maternels en Italie (4). Il marie ses filles aînées (5), son fils Paul (6). Il publie de

(1) Délibérations du Conseil de Ville de Montpellier aux dates suivantes : 2 avril; 10, 15, 18, 19, 27 juillet; 2, 9, 22 août; 8, 21 septembre 1601; 11 avril, 23 septembre, 14 octobre 1602; 27 janvier et 8 avril 1603. J'en donne, à la pièce III de l'Appendice, quelques extraits.

(2) Pour l'avoir à meilleur compte du propriétaire, Fulcrand Rat, marchand, Pacius imagina de la faire acheter, le 31 mars 1610, par Pierre de Baudan, maître à la Chambre des Comptes, « fort ami » dudit Rat. Le 30 juin il y eut déclaration de Pierre de Baudan à Pacius à ce sujet. La maison, située près de l'église ruinée de Saint-Paul, confrontait maison de Jean Mourut, étable du président Convers, et deux rues : l'une descendant du Puits de Fer vers l'église Saint-Paul (rue actuelle des Sœurs-Noires), l'autre allant au porche d'En Rouan (rue de l'Hirondelle). Cet immeuble porte le n° 3 de la rue des Sœurs-Noires. La vente comprenait aussi une étable près de l'église Saint-Paul, à une traverse qui ne passe point, et confrontant avec la rue qui va au Plan d'Agde (Minutes d'Antoine Comte, notaire de Montpellier, étude Cornier à Montpellier, reg. de 1610, f° 504 v°).

(3) Minutes de notaires montpelliérains, *passim*.

(4) Sa mère était, en 1597, demeurée à Genève, à cause de son âge et de ses « incommodités ». Elle y vivait encore, lorsque, le 5 août 1607, il donnait procuration à son ami Pierre du Cest d'obtenir d'elle, en échange de l'entretien qu'il lui assurait depuis trente-trois ans, une promesse de le dédommager sur les biens que Lucrezia Angiolella possédait encore en Italie (Minutes de David Gibert, notaire de Montpellier, étude Blain à Montpellier, reg. de 1602-1608, f° 398 v°).

(5) Contrat de mariage, le 15 avril 1606, de sa fille Lavinia avec Moïse Duport, docteur et avocat, fils de Pierre, capitaine et châtelain de La Mure, et d'Isabeau de Sigaud, habitants de La Mure en Dauphiné. La fiancée reçut 6.000 livres de dot, cinq robes de soie et trois cotillons (Minutes d'Antoine Comte, notaire de Montpellier, étude Cornier à Montpellier, reg. de 1606, f° 376 v°). — Voir p. 15, note 3.

(6) Ch. Revillout, *op. cit.*, p. 21, note 2.

savants ouvrages (1). Surtout il a fini par obtenir, le 29 septembre 1604, la chaire qui le fait successeur de Placentin (2),
et peut s'intituler « premier professeur du Roy èn l'Université
des Lois » (3). Il est heureux, et ne veut point regarder au
delà, car, nous dit-il,

.....scire futura nefas.

Cette « fortune prospère », que son âme supporte aussi
dans la sérénité (4), dura une douzaine d'années. Dans l'intervalle, beaucoup de choses avaient changé, qu'il serait trop
long d'exposer ici (5). Au prix de vives luttes, l'élément catholique, avec les recrues qu'il faisait, entrait partout à Montpellier. L'Evêque redevenait véritable chancelier de l'Université. D'autre part, la ville était sourdement travaillée par
des meneurs laïques, sectaires du crû, dont la fougue débor-

---

(1) Niceron (*op. cit.*) donne la liste de ces ouvrages. Sur l'un d'eux'
je consigne ici ce petit détail, glané dans la procuration de Pacius à
Pierre du Cest (voir p. 18, note 4). Le premier objet de celle-ci était
de recouvrer de Pierre de La Rouvière, marchand libraire de Genève,
soixante-dix exemplaires du *Doctrinæ peripateticæ*, solde des cent
cinquante accordés à Pacius par ledit libraire, « en considération de
la coppie dud. livre et du privilege du Roy », fournis par Pacius.

(2) Appendice IV.

(3) C'est la qualification qu'il prend au contrat de mariage de sa
fille Lavinia (voir p. 18, note 5).

(4) Voici ceux des vers d'une de ses préfaces, cités par Niceron
(*op. cit.* p. 275), auxquels j'ai fait plusieurs fois allusion, car ils se rap-
portent à son séjour en Languedoc :

> Sed si hinc pertraxit Rectoris læta Nemausus.
> Imponens humeris munera juncta meis,
> Cur revocas ? præstare vetant, en optime princeps,
> Parce piæ menti jussa superba, fidem.
> Non tamen invitus retinebor tempore longo.
> Auro libertas gratior esse solet.
> Excipit hinc igitur vicina Academia tandem,
> Sede Placentini, Rege jubente, locans.
> Hactenus adversam expertus, sortemque secundam
> Evasi invictus : scire futura nefas.

(5) J'espère le faire en un travail d'ensemble sur *La Réforme catholique à Montpellier*.

dait la sagesse et la piété des pasteurs Gigord et Le Faucheur, représentants de l'école genevoise. Nombre d'incidents présageaient les troubles dont fut, en effet, remplie l'année 1616. et qui mèneront, cinq ans après, aux horreurs de la guerre civile. Déjà, en 1611 et 1612, Pacius avait eu une alerte personnelle : la subvention municipale de 1.000 livres, part de la Ville sur les 500 écus, même sa chaire avait été discutée (1). D'après un on-dit, il accusait l'évêque Fenoillet d'en être l'instigateur (2). Si la supposition est fondée, on doit n'y voir qu'un incident impersonnel de la lutte religieuse. Le prélat la menait alors vivement sur le terrain de l'enseignement, et il ne faut pas oublier que Pacius jouissait des droits et émoluments d'une chaire de droit canonique, en y enseignant... le droit civil. Assez logique à l'heure où, comme je l'ai dit (3), il n'existait plus de communautés monastiques, cet état de choses ne concordait point avec leur rentrée successive.

D'autre part, les accointances de Pacius avec des catholiques, des convertis (4), voire des prédicateurs et controversistes (5), étaient faites pour le rendre suspect aux calvinistes. Ces mauvais procédés l'irritaient. il en venait à estimer qu'il portait plus « d'honneur et de profit a la ville qu'ils ne meritent, excepté les gens d'honneur, hors desquels ne se peut voir un païs plus malin et ingrat » (6). Voulut-il se

(1) Délibérations du Conseil de Ville des 17 juillet 1611 et 4 août 1612. — A cette dernière date, on décidait d'assembler un Conseil général pour savoir « sy le sieur Patieux doit estre continué en la charge de regent en lad. ville ».

(2) Lettre du 27 juillet 1612 à Peiresc, publiée par Tamizey de Larroque (*op. cit.*, p. 622).

(3) Voir p. 13.

(4) Avec Plantavit de la Pause, par exemple (Tamizey de Larroque, *op. cit.*, p. 623).

(5) Tamizey de Larroque, *op. cit.*, pp. 619 et 621. — Il s'agit des jésuites Raymond d'Estrictis, Louis Richeome et Antoine Pacot, dont l'apostolat à Montpellier fut très fécond.

(6) Lettre du 27 juillet 1612 à Peiresc, publiée par Tamizey de Larroque, (*op. cit.*, p. 623).

soustraire à de nouveaux ennuis (1), se rapprocher de
sa fille Lavinia, ou bien, ébranlé, avec tant d'autres, par
les prédications et controverses qui multipliaient à Montpellier les conversions, et se préparant déjà à embrasser le
catholicisme (2), ne se crut-il pas, pour cet acte, morale-
ment assez libre dans cette ville, en songeant aux préoccupa-
tions calvinistes qui l'y avaient fait appeler? Je n'affirmerai
rien, sinon que, le 28 mars 1616, il résilia son contrat avec la
Ville par une quittance réciproque (3).

Sur la fin de sa longue carrière, que se partagèrent Valence
et Padoue, et qui le fit catholique et conseiller de Parle-
ment, il restera bien des choses à dire. Celles-ci suffisent,
au moins pour l'instant, à saisir, honorée mais quelque peu
saignante, cette tranche de sa vie, de 47 à 66 ans, que fut le
séjour en Languedoc.

(1) De fait il y eut pour sa succession grand conflit entre l'Evêque
et la Ville.

(2) Dès 1609, il aurait voulu abjurer avec ses deux fils, mais
secrètement à Avignon, et sans profession publique de catholicisme
afin de ne point perdre sa chaire. Cette combinaison, préconisée par
Peiresc (lettre du 3 octobre 1609 au vicaire Beau, publiée par Tamizey
de Larroque, *op. cit.*, p. 619), ne paraît pas avoir été goûtée à Rome ;
mais, en dépit de la discrétion recommandée, elle avait pu transpirer
quelque peu.

(3) Appendice II.

APPENDICE

I

Délibération du Synode extraordinaire de Nimes relative à Pacius
5 août 1599

De M. Paccius. — M. Pacius, ouy sur son Imprimé contre M. Robert de Vismes, a dict que M. Rob. Wismes, ayant fiancé a Geneve dame Camille Venturine, sa belle-sœur, et le dot accordé, non content de vouloir dissoudre le mariage, le voulut chasser de ceste ville, le calomniant envers le Consistoire d'heresie, envers les magistrats de la justice qu'il les vouloit reformer, et envers les magistrats de la police qu'ils estoient des sots. A cause de quoy, il le tira en instance criminelle, les informations estant encore de present entre les mains de M. d'Aguillonet, conseiller. Sur quoi, Mes. les magistratz, consuls et Consistoire, fesant une assemblée miste dans le temple, procederent a leur acord, a condition qu'il lui en seroit donné extrait pour le tesmoignage de son innocence et pour le pouvoir divulguer. Que, depuis, led. Vismes, estant a Montauban, a mesdit de lui en lad. ville et partout ou il a peu, mesmes par ses escrits envers M. de Beze. Pourtant, ayant le consentement dud. Vismes de divulguer led. acord et reparation de son honneur, d'ailleurs n'estant acte consistorial, ains d'une assemblée miste, en laquelle le magistrat presidoit, et duquel il a heu permission de l'imprimer, et estant estranger, et ne scachant l'ordre des eglises gallicanes, il ne pense point avoir fally, veu qu'il lui importoit de son honneur et que la coustume d'Allemaigne est d'imprimer tels accords et recognoissances.

S'est pleint que, nonobstant que led. Vismes soit perjure et calomniateur, neangmoins attestation lui a esté depuis donnée de pieté et bonne vie par le Consistoire de ceste ville, et a requis que letre de ceste Compagnie soit escrite a l'eglise de Montauban, pour poursuivre led. Vismes de perjure, selon la discipline.

S'est aussi pleint de ce que, ores qu'il ait quité ses biens pour la religion, employé tous ses labeurs pour l'advancement d'icelle et esté (comme il est toujours) prest de rendre raison de sa foi, neantmoings quelques jeunes pasteurs ont advancé contre lui qu'il tient des heresies, et mesmes M. Maurice et M. Chauvé, qui aussi est cause que le mariage dud. Wismes et sa belle sœur est ainsi reculé.

Le susd. M. Maurice, ouy, a dict n'avoir jamais advancé en aucune part que led. M. Pacius tint des erreurs, et M. Chauvé de mesmes, comme aussi de n'avoir jamais empeché le mariage de sa belle sœur.

Le Consistoire de l'eglise de Nismes oui, M. Moinier a dict que, M. Vismes ayant accusé M. Pacius d'heresie, blaspheme et atheisme par escrit et sigıé de sa main, il heust recours au magistrat, ce que voyant Mes. les magistrats, consuls et eulx, led. Vismes leur estant tres utile en la lecteure de la logique, s'assemblerent dans le temple pour les accorder ; ce qu'estant faict, M. Pacius auroit requis copie dud. accord pour sa justification et non pour l'imprimer ; que, despuis, led. sʳ Paccius, l'ayant faict imprimer, leur auroit proposé mesmes excuses qu'il a apportées au Synode, et l'Imprimeur auroit respondu qu'il l'auroit imprimé par commandement de mes. de Rochemore et le Juge criminel.

Maitre Fauchier, ci devant grefier du Consistoire de la presente ville, ouy sur la rayeure de ces mots en l'article de M. Paccius couché au livre du Consistoire : president M. de Chambrun, au lieu duquel auroit mis : president M. le Juge criminel, comme aussi de son seing aposé a l'original des actes que M. Paccius a fait imprimer, a dict que M. le Juge criminel lui auroit fait faire ceste rayeure du consentement de tout le Consistoire, et aposer en son lieu : «M. le Juge criminel conduisant l'action», parce que c'estoit une assemblée miste ; et, quand a sa signature faicte a l'atestation et actes susdicts expediés aud. M, Paccius, ce fut a la persuasion de M. Maltrait et d'aultant qu'il y auroit desja veu Mes. Chambrun et Moinier, signés.

Conclud que le Consistoire vieulx de l'eglise de Nismes sera griefvement censuré d'avoir faict coucher dans le livre du Consistoire la conclusion d'une assemblée miste, comme aussi d'avoir signé l'atestation contenue en l'imprimé dud. M. Paccius, et notamment mes. Moinier et de Chambrun, MM. Maltret, Langlade et Bosquier, diacres, et mes. Vieulx et d'Aiguillonet, anciens, comme aussi me Fauchier, greffier dudit Consistoire, et exhortés de se prendre garde de semblables scandales a l'advenir.

Et, quand a M. Paccius, sera exhorté de recouvrer tant qu'il pourra les copies qu'il a donné dud. imprimé pour les lacerer. Et, pour sa justification, est enjoint au Colloque dudit Nismes de lui despecher des atestations escrites a la main, signées par un pasteur et par le grefier du Consistoire, aultant que lui seront necessaires, et sera escrit au nom de la presente Compagnie par M. Gigord au Consistoire de la vile de Montauban, le priant de proceder contre M. de Vismes, selon la discipline.

Sera aussi exhorté led. M. Paccius de ne faire imprimer a l'advenir chose semblable et se conformer a la discipline ecclesiastique des eglises gallicanes, comme aussi de parler avec plus de respect des pasteurs, et notamment de M. de Beze, Maurice et Chauvé.

Pour lesquelles censures et exhortations sont deputés Mes. Baile et Bolet, pour y proceder ce jourd'huy en authorité du Synode present, ce qui a esté par lesd. Baile et Bolet executé.

(Bibliothèque de la Faculté libre de théologie protestante de Montauban, ms. 121, t. Ier, p. 60).

II

Contrat d'engagement de Pacius comme professeur en droit
à l'Université de Montpellier
17 septembre 1600

Promesse reciprocque d'entre Monsr Pactius, jurisconsulte, et messieurs les Consulz et Université des Loix

L'an mil six cens et le dix septieme jour du moys de septembre, en la ville de Montpellier, regnant tres crestien prince Henry, par la grace de Dieu roy de France et de Navarre, par devant nous, notteres royaulx herediteres de la ville de Montpellier, soubzsignez, et tesmoings apres nommez, furent presens en leurs personnes honnorables hommes messieurs Pierre Patris, Jacques Fesquet, Foulcrand Rat et Sauvayre Girard, consulz de la ville de Montpellier pour la present année, tant pour eulx que leurs compaignons absens et pour et au nom de lad. ville et communaulté, suivant le pouvoir a eulx donné par le Conseil des Vingt Quatre en datte du dizieme de may et vingtroisieme juillet dernier; et pareillement messieurs m^{es} Honoré Hugues, chanoyne et chantre en l'eglise cathedralle dud. Montpellier, recteur de l'Université des Loix de lad. ville, Jehan de Philippi, conseiller du Roy et president en sa Court des Aydes, doyen des docteurs de lad. Université, Pierre Cabassut, docteur et advocat, Jehan de Trinquaire, seigneur des Baulx, conseiller du Roy et juge mage au gouvernement dud. Montpellier, Barthelemy Perdrier, procureur du Roy au siege presidial, Pierre du Robin, sieur de Beaulieu, conseiller du Roy et general en sa Court des Aydes, Guillaume Ranchin, aussi conseiller dud. sieur et son advocat general en la Court des Aydes, Jehan de Solas, aussi conseiller du Roy et juge en la Court royalle ordinere aud. Montpellier, et David de Varanda, aussi conseiller dudit s^r au siege presidial et gouvernement dud. Montpellier, tous docteurs de lad. Université, et en ensuivant la deliberation d'icelle pourtant leur pouvoir en cest endroict, en date du premier de may et neufviesme juillet dernier passez, d'une part; — et mons^r m^e Julius Pactius, docteur ez droictz, natif de Vuicence en Itallie, d'autre.

Lesquelz, de leur gré et franche vollonté, ont conveneu et accordé les choses que s'ensuivent :

Scavoir est que led. s^r Pactius a promis et promect et s'est obligé ausd. s^{rs} Consulz et communaulté et docteurs de lad. Université cy dessus nommez, presens et acceptans, lire en droict en lad. Université et lieux ordonnez d'icelle ordinairement, bien et deuement, comme il appartient a ung vray professeur en droict, commencer de lire des le lendemain de St Luc, qui sera le dix neufviesme d'octobre prochain.

Et, pour recompence de ses travaulx et peynes et sallaire, lesd. s^{rs} Consulz, aud. nom, luy ont promis et promectent payer ou fere payer par leur clavaire chacun an de son exercice, et a commencer des le premier d'octobre prochainement venant, la somme de cinq cens escus, payable par quartiers advancez et anticippez.

Et, oultre ce, luy payer ou fere payer, pour une foys tant seullement, la somme de cinquante escus, pour le transport de ses meubles et livres de la ville de Nismes jusques en ceste ville.

Et lesd. recteur et docteurs de l'Université luy ont promis et promectent, permis et permectent, des le premier jour qu'il sera entré en l'exercice de sad. charge, de pouvoir prendre et exhiger durant sond. service demy escu pour chacun escollier qui se matriculera en lad. Université, autre demy escu pour chacun droict de bacalaureat, plus le d[roict] que messieurs les docteurs de la douzaine prenent et ont accoutumé de prendre en argent, tant de la licence que doctorat qui se prend[ront] tant separeement que conjoinctement, ensuivant le statut de lad. Université, et, oultre ce, demy escu a prendre sur le droict de marque appartenant a lad. Université pour chacune promotion.

Et neantmoings luy ont promis et promectent lesd. docteurs sus nommez, soubz le bon plaisir du Roy, luy conferer ou fere conferer par lad. Université la premiere regence royalle et ordinaire qui vacquera durant le temps de son service et exercice.

Et, oultre ce, lesd. s^{rs} Ranchin et de Solas, docteurs regens en lad. Université, cy dessus nommez, ont declairé et declairent, promis et promectent qu'ilz bailleront entre eulx regens la presseance et place premiere aud. s^r Pactius en tous les actes publicz de lad. Université, durant le temps qu'il exercera sad. charge en icelle.

Et, pour tout ce dessus garder et observer, ont engagé, etc.

Faict et recité aud. Montpellier et dans la maison dud. s^r president Phillippi, en presences de noble Guillaume de Bouques, s^r du Poux, et sire Laurens Serre, marchans dud. Montpellier, soubz signez avec lesd. parties, et nous, Pierre Fesquet et Anthoine Comte, noteres royaulx hereditaires dud. Montpellier, soubzsignez.

Patris, consul et viguier de Montpellier. — Fesquet, consul. — Foulcran Rat, consul. — Hugues, recteur. — J. Philippi. — Cabassut. — Trinquere. — Perdrier. — P. du Robin. — G. Ranchin. — De Solas. — D. Varanda. — J. Pacius. — Dupous. — Laurans Serre. — Comte. — Fesquet.

(Minutes de Pierre Fesquet, notaire de Montpellier, étude Grollier à Montpellier, reg. de 1597-1601, 2e partie, f° 148).

En marge : 28 mars 1616, cancellation dud. contrat avec quittance respective des pactes.

III

Extraits de délibérations du Conseil de Ville de Montpellier relatives aux gages de Pacius
1601-1603.

21 septembre 1601. — Et, oultre ce, qu'ilz [les délégués catholiques] trouvent que le contract faiet et passé avec mons^r Pactius est fort excessif et porte une grand charge a la ville, laquelle ne pouvoyt estre mise sus sans deliberation d'ung Conseil general.

Sur quoy a esté arresté et conclud que l'on assemblera ung Conseil general au plus tost que fere se pourra, pour en estre deliberé sur le faict dud. sieur Pactius.

En marge : Led. s^r general Ranchin n'a vollu oppiner.

11 avril 1602. — Proposé aussi que monsieur Pactius, jurisconsulte, suivant la teneur de son contract, demande estre payé par advance de son quartier, qui est entré des le premier jour du present moys; aultrement, demande son conged, estant dangereux de le perdre, sy l'on ne le paye, requerant sur ce estre deliberé.

A esté arresté que messieurs les Consulz emprunteront ce que montera led. quartier pour les gaiges dud. s^r Pactius, pour troys moys, a la charge d'en payer les interestz; et, ce pendant, que monsieur l'accesseur fera poursuicte en la Court de messieurs des Aydes pour y fere tramper le Dioceze.

23 septembre 1602. — A esté proposé par mons^r le premier Consul comme mons^r Pactius demande a l'université de ceste ville de, en ensuivant la teneur du contract qu'il a faict avec la Ville et Université, de luy fere bailler une chaire de docteur regent, et, en deffault de ce, qu'il est resserché d'ailleurs, demande son conged. Sur quoy, lad. Université auroyt trouvé pour expedient de luy fere presenter cent escus, jusques a ce que la Ville et Université eust moyen de luy fere conferer lad. chaire, laquelle somme de cent escus lad. Université prie messieurs du Conseil luy vouloir fere octroyer, requerant sur ce vouloir deliberer.

Sur quoy, a esté arresté et conclud qu'il sera parlé aud. s^r Pactius par quelques ungs que a ces fins seront depputez, pour accorder de cest affere avec luy, soit pour luy accorder le louaige de la maison ou il demeure; en cas qu'ilz ne puissent par cella, avant que de le perdre, luy accorder plus tost la somme de cent escus, jusques a ce qu'on luy aye faict bailler une chaire, et de passer nouveau contract avec luy, affin que l'on puisse couper chemin aud. s^r Pactius de demander a l'advenir aulcune aultre augmentation de gaiges.

14 octobre 1602. — Aussi a esté proposé par led. s^r Consul comme, suivant le pouvoir a eulx donné par le Conseil pour tacher d'accorder avec mons^r Pactius, touchant ce qu'il demande pour raison de la chaire qu'il dict que l'on avoyt promise luy faire bailler, qu'ilz se seroyent assamblez et auroyent tant faict et tracté avec led. sieur Pactius pour raison de lad. chaire, qu'en fin ils l'auroyent faict condessendre, pour tous les droictz de lad. chaire, qu'en luy baillant la somme de cent escus tous les ans, il se contenteroyt jusques a ce que la Ville et Université aye moyen de luy fere bailler une chaire, ce qu'ilz luy auroyent accordé, soubz le bon plaisir du Conseil, requerant sur ce deliberer, affin de fere auctoriser le tout.

Conclud que led. Conseil unifformement agree, ratiffie et con-
firme led. accord, jusques a ce que l'on aye moyen de luy fere
bailler une chaire, consentant que messieurs les Consuls luy facent
payer annuellement lad. somme de cent escus, oultre ses gaiges
ordinaires.

27 janvier 1603. — A esté exposé par mons^r de Serres, premier consul et viguier, comme mons^r le Gouverneur et luy, avec
quelques autres, auroient parlé et conferé avec mons^r Pactius,
suivant la deliberation cy devant prinse par le Conseil des Vingt
Quatre, touchant la chaire qu'il demande, avec lequel ilz n'auroient peu accorder a moingz que de cent escus, jusques a ce que
l'on ayt moyen de luy fere bailler lad. chaire, et lequel s^r Pactius a present demande et presse le payement tant de lad.
somme que de son cartier, qui est venu a payer au premier jour
du present moys, et lequel lad. ville n'a aulcung moyen de luy
payer, pour n'y avoir aulcung fondz ny imposition pour luy que
jusques a la fin de decembre dern^{er}. Et, jacoyt qu'il aye esté
imposé sur le Dioceze la somme de cinq cens escus pour les gaiges dud. s^r Pactius pour une année a commencer en juillet
passé, neaulmoingz le receveur ne veult advancer le quartier dud.
s^r Pactius, tellement qu'il est necessaire d'y pourvoir par aultre
moyen d'icelluy payer, ensemble les cent escus que luy sont esté
accordez, suivant la deliberation du Conseil, pour raison de la
chaire de regent qu'on luy auroit promise, ayans advisé que, par
expedient, l'on pourroit fere payer par led. receveur lesd. parties
aud. s^r Pactius, en luy payant les interestz, ou bien trouver quel-
cung qui prestast a la Ville deux cens cinquante escus pour troys
ou six moys, et en assigner le remboursement sur led. receveur,
requerant sur ce deliberer.

Arresté qu'il est donnée puissance a messieurs les Consulz
d'emprunter a proffict honneste la somme de deux cens cinquante
escus, pour troys ou six moys, a la meilleure commodité que fere
se pourra, a la charge d'assigner le remboursement d'icelle somme
sur le receveur du Dioceze, pour l'en payer sur lad. partie de
cinq cens escus.

8 avril 1603. — Proposé... et aussi que mons^r Pactius demande estre payé de son quartier.

Conclud et arresté qu'il est accordé a messieurs les Consulz la somme de cinquante escus, pour payer les apportz de la somme de mil escus, qu'ilz pourront emprunter en leur propre et privé nom, sans aulcunement en obliger la Ville ; et laquelle somme de cinquante escus sera imposée a la premiere imposition que l'on fera sur le corps de la Ville, a la charge que monsr Pactius sera payé sur ceste partie.

(Archives municipales de Montpellier, BB. délibéra-
tions du Conseil de Ville de Montpellier).

IV

*Collation d'une régence de droit canon à l'Université de Montpellier
en faveur de Pacius*
29 septembre 1604

L'an mil six cens quatre et le mecredy vingt neuvieme jour du moys de septembre, a Montpellier, dans les escolles de l'Université des Loix, heure d'une appres midy, par devant Reverend Pere en Dieu messire Jean de Garnier, evesque dud. Montpellier, assistans messieurs de Miremont, prieur des docteurs, Cabassut, de Trinquaire, Calvet, Textoris, Perdrier, Feynes, Ranchin, Chalcornac, Andrieu, Philipy, Madronnet, Boucaud, Pascal, Soulas, Grasset, de Serres, Varanda, Vallabris, David, du Moys, Rebuffy, Vignes, de Jaule, Blancard, David, Grasset, Planque, Ramin, Joubert, Hugues, Bernard, Flory, Valescure, Brevard, Andrieu, Andrieu, de Sarret, de Trinquaire, docteurs.

Les bedeaux Bougette et Pommaré ont rappourté, en vertu du mandement du sieur prieur, avoir inthimé aux sieurs docteurs se trouver au presant jour, lieu et heure, aux fins y contenues.

Ledit sieur de Miremont, prieur, a dict que me Auzemar, scindic, l'a prié de supplier l'Universitté de l'excuzer, a cause du deces de feu me Uzilis, son beau filz, regent en droit canon en icelle, et qu'il est question a presant de pourvoir a sa place, a raison de quoy l'Universitté est assemblée, a la requisition de M. Pactius, presant, ainsy qu'il fera entendre.

Ledict sieur Pactius a dict qu'il est infiniment marry du deces dud. feu sieur Uzilis, regent, qu'il a pleu a Dieu appeller, et remonstré a l'Universitté que, lorsqu'il feust requis par elle pour y estre lecteur ordinere en droict, tout ainsin que ung vray professeur, par les depputés de lad. Universitté feust convenu avec luy en la presence et assistance des sieurs Consulz et depputés de ceste ville de Montpellier, de luy conferer ou fere conferer par lad. Universitté la premiere regence royale et ordinere quy vaqueroit durant le temps de son exercisse, ainsin qu'appert par le contract que en feust passé, receu par me Fesquet, notere royal et secrettaire de la maison consullaire, et m'oy, Anthoine Comte, aussy notere et secretaire de lad. Universitté, le dix septiesme septembre mil six cens, qu'il a exibé, ayant despuis continué la charge de lecteur, au grand contantement du public et des escolliers. Par quoy a supplié l'Universitté voulloir, ensuivant le pacte dud. contrat, luy conferer lad. regence royalle et ordinere en droict canon vacquante par le decez dud. sieur Uzilis, offrant prester le serment en tel cas requis, et, cella dict, led. sieur Pactius est sorty.

La lecture dud. contrat ayant esté faicte par moyd. notere,

Ledit sieur de Miremont, prieur, a esté d'advis et oppinien, veu le contrat passé par les depputtés de l'Universitté avec led. sieur Pactius et son grand meritte et scavoir, que la regence en droict canon que a cy devant jouy et poussedé led. sieur Uzilis, doibt estre declairée vaquante et icelle conferée aud. sieur Pactius, pour en jouir aux honneurs, authorittés, preeminances, fruictz, revenus et esmolumens y appartenans, telz et semblables que les precedentz regens avoyent acoustumé, en prestant le serement en tel cas requis et sans entrer en aucune disputte.

Sur ce, ayans lesd. sieurs docteurs oppiné l'ung apres l'autre, a esté, suivant la plus grand voix, conclud par led. sieur Evesque Chancellier, que lad. regence en droit canon que a esté jouye et possedée par led. feu sieur Uzilis, est declairée vaquante et icelle, soubs le bon plaizir du Roy, conferée aud. sieur Pactius, pour en jouir aux honneurs, authorités, prerogatives, preeminances, fruictz, revenus et esmolumens y appartenans, telz que led. sieur Uzilis et autres precedentz regens avoint acoustumé, et autrement comme au registre.

Faict entrer led. sieur Pactius, et a luy par led. sieur Evesque faict entendre la provision faicte en sa personne de la regence en droit canon vaquante par le deces dud. sieur Uzilis, il a faict et presté le serement de bien et duement fere son debvoir, garder et observer les ordonnances du Roy et estatutz de l'Universitté; et, moyennant ce, a esté receu, soubz le bon plaizir du Roy, mis et installé en la realle pocession de lad. regence, par entrée et yssue de la cheze et autres solempnittes a ce requizes, gardées, presantz lesd. bedeaux.

Collationné a l'original par moy, notere et secretaire de lad. Universitté, soubzsigné. Comte, notere, ainsy signé.

Enregistré aux registres de ceste charge a Beziers le xviiie juillet 1605. — Marion. — Hebert. — De Crozilles.

(Archives de l'Hérault, C, Trésoriers de France, reg. de 1605, fᵒˢ 154 vᵒ et suivants).

www.ingramcontent.com/pod-product-compliance
Lightning Source LLC
Chambersburg PA
CBHW060859180626
46818CB00004B/1774